Émilie Tonczak

Le Chaud
Manteau
de Léo

Les Éditions du Boréal reconnaissent l'aide financière
du gouvernement du Canada par l'entremise du Programme
d'aide au développement de l'industrie de l'édition (PADIÉ)
pour ses activités d'édition et remercient le Conseil des Arts
du Canada pour son soutien financier.

Les Éditions du Boréal sont inscrites au Programme d'aide
aux entreprises du livre et de l'édition spécialisée de la SODEC
et bénéficient du Programme de crédit d'impôt pour l'édition
de livres du gouvernement du Québec.

Diffusion au Canada : Dimedia
Distribution et diffusion en Europe : Volumen

Catalogage avant publication de Bibliothèque et Archives Canada
Plante, Raymond, 1947-

   Le Chaud Manteau de Léo

   (Boréal Maboul)

   (Bébert et les Doguadous ; 3)

   Pour enfants de 6 ans et plus.

   ISBN 2-7646-0442-4

   I. Franson, Leanne. II. Titre. III. Collection. IV. Collection :
Plante, Raymond, 1947-   . Bébert et les Doguadous ; 3.

PS8581.L33C42   2006   jC843'.54   C2006-940188-8
PS9581.L33C42   2006

Le Chaud Manteau de Léo

texte de Raymond Plante
illustrations de Leanne Franson

Boréal Maboul

1

Première neige

— Il neige !

La petite Margot sort de sa chambre en virevoltant. Elle dévale l'escalier. Dans le salon, elle écrase son nez contre la vitre. Elle est contente. Comme si on la chatouillait.

Chaque année, la même scène recommence. Chaque fois, c'est comme si j'avais oublié.

— Dehors, Bébert !

Tous les matins, pour mes besoins, il faut que je sorte. D'habitude, Jean-Claude, mon grand maître, m'ouvre la porte. On me

laisse flâner tranquillement dans la cour, à l'arrière de la maison.

Aujourd'hui, Margot et Rudy enfilent leur habit de neige. Ils m'accompagnent.

Nom d'un os à poils ! Le sol est déjà recouvert d'une mousse blanche. Il n'y a plus un brin de gazon. Les arbustes courbent sous le poids de leur chapeau blanc.

Je galope dans la neige. Grâce à elle, j'ai l'impression de découvrir un nouveau monde. Il me suffit de planter mon museau dans le tapis froid. Je fouille pour retrouver ma vieille balle. Je l'ai laissée sous le gros pin, hier.

Et ça tombe ! Ça tombe !

On dirait des plumes de guimauve, de la poussière de nuages.

Je suis couvert de blanc. Je deviens un chien esquimau.

J'imite Margot qui sort la langue pour cueillir deux ou trois flocons. Rudy se prend pour un joueur de football et roule sur le sol. Je bondis sur lui. Il rigole.

— Rudy ! Margot ! Bébert !

Mimi nous appelle. Finis les jeux glacés. Il faut rentrer.

L'hiver est arrivé avec sa neige, ses glaçons, son frimas. Le froid rend les joues de Margot rouges comme des pommes.

— Ce n'est pas une raison pour manquer l'école, explique Mimi.

Je me secoue dans l'entrée.

— Bébert, tu vas tout mouiller. Viens avec moi.

Jean-Claude va déneiger l'allée du garage. Pas certain que la neige l'enchante. Je cours autour de lui. J'attrape la neige qu'il lance en l'air avec sa pelle.

Dans la maison, toute la famille est à la course.

Rudy et Margot se débarbouillent en vitesse. Ils ont hâte de tracer des pistes nouvelles en traînant leurs bottes jusqu'à l'école.

Malheureux de rester au chaud dans la maison, je les regarde partir.

Derrière la fenêtre, la neige tombe toujours.

Je me demande si, le jour de la première neige, les rencontres secrètes des Dogua-dous tiennent toujours.

2

Les grelots de Lou

— Qu'est-ce que tu imagines ? Il faut plus que quelques flocons pour annuler nos réunions. Nous sommes une vraie bande organisée.

Balzouc parle. C'est le chef. Depuis que je connais le secret des Doguadous, je ne m'ennuie pas. Nous sommes une bande de chiens. Les après-midi, nous sortons de nos maisons par un passage magique. Nous nous rencontrons ici, au caniparc.

Aux temps chauds, Balzouc reste écrasé sous les estrades du parc. Le froid, par contre, lui donne un fichu goût de s'amuser. Il est debout, dans la neige jusqu'au ventre, heureux comme le saint-bernard qu'il est.

— Nous sommes des bêtes à poils, pas vrai, Bébert ? La neige… le froid… Ça nous connaît.

Je fais oui du museau. Depuis ce matin, la température a baissé. Le vent se lève, crée des tourbillons. Grâce à mon épaisse fourrure, je ne le sens pas trop. Je gèle un peu des pattes tout de même. Surtout quand des boules de glace se forment entre mes orteils. Chaque pas devient douloureux.

Les autres arrivent au caniparc.

Lou ne paraît pas du tout embêtée par les boules de glace. Elle gambade dans la neige. Sous son ventre, son long poil est truffé de

grelots. On dirait une décoration de Noël.
La moindre butte la rend curieuse, elle y
plonge. Quand sa tête émerge, un petit
monticule blanc surmonte son museau.
Dans sa gueule, elle tient une branche cas-
sée.

Jules et Jim ont beaucoup de poils. Les airedales, comme Jules, ont l'allure de gros moutons avec leur poil dru. Jim, le cocker, n'en finit plus de se secouer en battant l'air de ses longues oreilles.

Miss Joséphine, elle, a le poil court. Les labradors ressemblent à des phoques. Elle peut plonger et nager dans l'eau glacée.

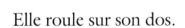

Elle roule sur son dos.

Il n'y a qu'un grognon : Pouf, le basset.

Dans la neige, on ne le voit pas. Il devient un tas blanc qui avance, qui cherche, qui serpente. Soudain, il montre la tête. Il éprouve un mal fou à dégager ses oreilles devenues lourdes.

Il ronchonne :

— Bof! J'aurais dû rester à la maison !
Passer l'après-midi à grelotter et à tirer sur
mes oreilles, c'est trop fatigant.

Il fait demi-tour pour retourner chez lui.
Il se perd aussitôt dans la bourrasque. Balzouc se précipite à son secours. Il revient
avec un Pouf penaud dans la gueule.

— Merci, chef, rumine le basset. Je vais
rester près de toi, en sécurité.

Tout à coup, Lou se met à tourner en rond. Qu'est-ce qu'elle entend ? Qu'est-ce qu'elle voit ? Qu'est-ce qu'elle sent ? Elle s'arrête, pointe la tête vers un véritable rideau de neige.

— Léo manque à l'appel, aboie-t-elle.

Léo La Pagaille ! Qu'est-ce qu'un boxer au poil court peut faire dans la tempête ?

— Il s'est perdu, devine Lou en remuant la truffe.

Elle fonce droit devant elle et disparaît dans le blizzard.

Les grelottements de Léo

Lou réapparaît. Par la peau du cou, elle traîne un Léo La Pagaille frigorifié, raidi. On croirait qu'un vent glacé l'a saisi au moment où il tentait de s'envoler. Il a l'air d'un oiseau empaillé. À peine s'il bat des paupières.

Lou a peur de lui casser une oreille. Ce sont des incidents qui se produisent.

Le gel rend les objets aussi fragiles que du verre.

— Léo La Pagaille, vieux compagnon joueur de tours, reviens parmi nous, murmure Balzouc.

Mais le pauvre Léo ne parvient pas à souffler mot. Il claque des dents.

Miss Joséphine propose de le faire courir. Elle se met à bondir autour de Léo. Notre copain boxer ne bouge pas d'un de ses petits poils. Il grelotte.

Miss Joséphine termine sa danse, essoufflée. Elle a tellement chaud que son pelage noir est tout givré.

Je propose :

— Et si nous le conduisions chez lui ?

— Tu n'y penses pas, coupe Pouf, on découvrirait notre secret. Nous aurions l'air d'une bande de croquemorts.

— Il n'est pas mort, réplique Jules.

— Regardez, sa queue bouge encore, poursuit Jim, le cocker.

— Tant qu'un chien remue la queue, lance Jules, il n'a pas rendu son dernier soupir.

En effet, la toute petite queue de Léo semble crier au secours.

— Qu'est-ce qu'on fait, chef ? demande Pouf.

Balzouc prend son air le plus grave.

— Règle numéro un : quand un saint-bernard découvre un skieur ou un alpiniste victime d'une avalanche, il étend le malheureux par terre.

Aussitôt, Lou dépose Léo sous l'estrade où il y a moins de neige.

— Règle numéro deux, enchaîne Balzouc, réchauffer le blessé congelé. Pour ce faire, il faut prendre les grands moyens.

Les grands moyens! Nom d'un os à poils, qu'est-ce que c'est?

Le grand Balzouc s'ébroue vigoureusement pour se débarrasser de la neige qui le recouvre. Il est en train de nous ensevelir. Il ne s'excuse pas et, en moins de deux, il se couche sur Léo.

Le boxer disparaît complètement sous l'énorme fourrure de notre chef. Lou s'inquiète.

— Tu es certain de ce que tu fais, Balzouc?

Le chef ne répond pas. Il a l'air d'une
poule qui couve un œuf.

Une brève minute s'écoule. Puis le miracle se produit. Léo tousse.

— Est-ce que… est-ce que c'est la nuit ? entendons-nous.

Nous comprenons aussitôt que Léo a repris vie. Le malheur, c'est qu'il suffoque. Il est écrasé.

— Bravo ! crie Pouf.

Balzouc se soulève un peu. La tête de Léo apparaît.

— Maintenant, tous ensemble, nous allons le frictionner.

Lou, miss Joséphine, Jules, Jim et moi, nous nous jetons sur le boxer. Je ne suis pas un très bon « frictionneur ». Les autres non plus. Je crois que nous ne parvenons qu'à le chatouiller.

Léo rit. Il tente de nous échapper et bat des pattes.

— Tu lui as sauvé la vie, chef, reprend Pouf, qui ne manque jamais une occasion de complimenter Balzouc.

— Avec le froid qu'il fait, ça ne durera pas, aboie le saint-bernard. Les boxers ne peuvent affronter les tempêtes. Il faut l'habiller. Que chacun d'entre vous retourne chez lui et revienne avec quelque chose de chaud pour envelopper notre copain.

Voilà ce que notre chef nous dit.

Balzouc n'est pas devenu chef des Doguadous pour rien. Ce n'est pas parce qu'il est le plus gros. Pas parce qu'il est le plus rapide. Nous sommes plusieurs à courir plus vite que lui. Pas parce qu'il est le plus fort. Personne ne penserait à se battre avec lui. Non, il est notre chef parce qu'il pense aux autres. Il sait qu'il faut s'entraider.

Dans la neige, le froid et le vent, nous rejoignons nos foyers respectifs.

4

Foulard et fantôme

À la maison, selon la méthode des Dogua-dous, je pénètre par le mur du sous-sol. Là, j'hésite. Je suis plein de neige. Si je monte chercher l'anorak de Mimi, ma grande maî-tresse, je sens que je vais commettre une bévue.

D'abord, la neige en fondant va multi-plier les flaques suspectes.

On va croire que j'ai fait pipi dans la mai-son.

De plus, je ne suis pas du tout certain que Mimi apprécierait que son manteau se promène au caniparc sur le dos de Léo La Pagaille.

Alors, j'attrape la vieille peau d'ours que Jean-Claude a entreposée dans le placard. La porte est ouverte, j'en profite. Et la peau est roulée, ça se transporte plus facilement. Il s'agit d'un petit tapis que Margot a reçu en cadeau de tante Claudine. Elle ne l'a jamais aimé.

Je ne suis pas le premier à revenir au caniparc. Pouf, Balzouc et Miss Joséphine s'affairent à enfiler des bottes de chiens aux pattes d'un Léo qui se débat.

Lorsque les bottes sont en place, il se met à ruer comme un cheval dans un rodéo. En se démenant de la sorte, Léo évite de geler. Mais il risque de s'épuiser. Et puis les petites

bottes s'envolent une à une dans les airs.
Léo La Pagaille n'est pas un frileux docile,
nom d'un os à poils !

Jules et Jim s'amènent. Ensemble, ils apportent un long foulard de laine. Ça ressemble à la traîne d'une reine.

— L'hiver, un foulard au cou, ce n'est pas fou, suggère Jules, qui aime beaucoup la publicité.

Avec l'aide du cocker qui se prend pour

son jumeau, il enroule ce foulard multicolore autour de Léo.

Au début, tout va très bien. Le boxer a l'air de se réchauffer. Il sourit.

— C'est une idée formidable, déclare-t-il.

Idée formidable ? Pas pour longtemps.

Bientôt, il se rend compte qu'il commence à ressembler à… une momie. Il est complètement enveloppé. Il n'a que les pattes et la queue qui sortent…

— Au secours, hurle Léo.

Jim attrape un bout du foulard et se met à tirer.

Léo tourne comme une toupie. Enfin libéré, il est tout étourdi. Il ne sait plus où il va, il tangue et pique son museau écrasé dans la neige.

Il semble n'avoir qu'une envie : dormir.

La neige tombe toujours. Il fait encore froid, même si le vent s'est un peu calmé. Et Léo a les poils toujours aussi courts.

Balzouc déclare qu'il devra encore s'allonger sur le pauvre boxer. Par bonheur pour Léo, Lou revient. Elle rapporte une grande couverture. Elle la jette sur notre copain.

Léo n'est vraiment pas un chien comme les autres. Dès qu'il se sent couvert, il se dresse. Il devient un chien fantôme.

Bien sûr, il n'effraie personne. Tout ce

qu'il réussit à faire, c'est de marcher n'importe où, n'importe comment. Il se cogne contre chacun d'entre nous. Le fantôme du froid n'est vraiment pas habile.

— Qu'est-ce qu'on va faire de ce paquet de nerfs ? demande Pouf.

Je réponds aussitôt :

— On n'a pas essayé ma peau.

— Ta peau ? répond un chœur de chiens qui ne comprennent rien.

5

L'ours polaire

Lentement, je déroule la peau d'ours que j'ai apportée.

Balzouc secoue la tête.

— Pauvre bête, grommelle-t-il. Passer sa vie debout et fier sur une banquise et finir comme un vulgaire tapis. Ah ! les chasseurs ne sont pas humains !

Je le console.

— Ce n'est pas la vraie peau d'un vrai ours blanc. Regarde, elle est beaucoup plus petite. C'est une peau artificielle.

Le chef s'étonne.

— Une imitation de peau d'ours ! Qu'est-ce que les humains ne vont pas inventer !

Léo se moque pas mal des humains. Il examine la fausse peau avec envie.

Je l'aide à la hisser sur son dos. Il l'ajuste un peu.

— Parfait, dit-il. Elle me va comme un gant.

Un gant de baseball, oui !

Notre Léo La Pagaille se dresse sur ses pattes arrière. La tête dans la petite poudrerie. Il fait le drôle. Il grogne, rugit.

Lou et moi faisons mine d'avoir peur. Jules et Jim essaient de lui mordiller les chevilles. Léo tombe sur miss Joséphine qui imitait la danse du phoque.

Pouf rit. Devrais-je dire que Pouf pouffe de rire ?

Je suis drôle. Je fais des jeux de mots.

Balzouc me glisse à l'oreille :

— Tu as eu une idée formidable, Bébert. Ta peau d'ours est au poil !

Quand le chef dit qu'on est formidable, on n'a aucune raison de s'en faire avec la vie.

Pourtant, j'entends un drôle d'aboiement. Puis un cri humain.

Oh non ! Pas un visiteur !

La bande se précipite sous l'estrade. Avec la neige accumulée tout autour, personne ne peut nous voir.

Nous sommes là, silencieux. Tous, sauf Léo ! Ah ! ce Léo La Pagaille !

Depuis qu'il est déguisé en ours polaire,

il n'a plus froid du tout. Il joue à l'ours mal
léché. Il grogne, donne des coups de patte
sur sa poitrine. Il est le plus gorille des ours
blancs.

— Au secours ! Poucet, viens ici !

Quelle idée ce vieux monsieur a-t-il eue ? Venir au caniparc en pleine tempête avec son chihuahua ? Un véritable ours polaire n'en ferait qu'une bouchée.

Léo s'approche du visiteur. L'homme glisse son chien dans sa poche et attrape son cellulaire. Il compose un numéro.

— Police ! Au secours !

Quand nous entendons le mot « police », nos oreilles se dressent. S'il fallait que des autos-patrouilles s'amènent, nous serions cuits. Oui, cuits, même s'il fait un froid de canard.

— Il y a un ours polaire au caniparc, postillonne le vieillard dans son cellulaire. Je n'ai pas la berlue. Un ours polaire, je vous dis. Un vrai de vrai.

Léo La Pagaille s'approche de l'homme. Ce dernier détale, en emportant son chihuahua. Terrorisé, le minuscule Poucet ne sème pas de cailloux pour retrouver son chemin.

Lou et moi profitons de cette diversion pour attraper Léo par la peau du cou. Nous le traînons sous l'estrade.

— On ne peut plus s'amuser, gémit-il.

— On ne s'amuse plus, tranche Balzouc. Par ta faute, nous ne pouvons pas profiter de la neige. D'ailleurs, il commence à faire chaud. Déguerpissons !

Pouf se précipite et s'enlise dans une butte glacée. Balzouc le tire par l'oreille.

— Allez, Pouf! Il a fallu trouver un chaud manteau pour Léo. Pour toi, il faudrait un traîneau.

— Puisqu'on ne peut plus s'amuser, je file à la maison, aboie Léo.

Lui, dans sa maison, avec ma peau d'ours. Oh non!

— Je t'accompagne. J'ai besoin de remettre le tapis à sa place.

Avec un peu de peine, je vois les copines et les copains se disperser. Moi, je dois suivre Léo La Pagaille. Si je reprends ma peau d'ours immédiatement, ses babines vont geler.

Dans une rue complètement enneigée, nous devons nous dissimuler rapidement. Une voiture de police arrive. Les agents doivent répondre à l'appel du vieillard.

Ouf! Ils ne nous ont pas vus.

Il faut dire qu'un ours polaire dans la neige, ça ne se remarque pas du premier coup d'œil.

6

Bonhomme et bonchien

Vers la fin de l'après-midi, la neige a cessé.
Le soir, après le repas, celle qui reste devient
molle, collante. Idéale pour faire des boules
de neige.

Des boules de neige !

Ça, c'est la première idée de Rudy. Et de-
vinez qui il vise ? Moi, bien sûr. J'ouvre la
gueule et j'attrape ses boules. C'est encore
plus froid que de la crème glacée, nom d'un
os à poils.

Après les petites boules, Margot, Rudy et
leurs amis ont l'idée de fabriquer de plus

grosses boules en les faisant rouler. Et de très grosses boules de neige, qu'est-ce que ça devient ? Un bonhomme de neige.

Jean-Claude et Mimi sortent de la maison. Ils deviennent des enfants. Ils entrent dans le jeu. Jean-Claude fournit une vieille tuque de carnaval pour le bonhomme. Mimi lui prête une carotte en guise de nez.

Moi, je sais que certains chiens ont besoin de vêtements quand il fait froid. Léo la Pagaille, par exemple. S'il pouvait parler, il demanderait certainement à son maître de lui acheter des vêtements.

La charrue a passé. Puis la souffleuse. Je les ai entendues aux petites heures du matin. Et voilà que la rue a retrouvé sa noirceur d'asphalte.

Elle est si bien dégagée que j'entends la pétarade d'un moteur de moto.

7

Un mot et une moto

Le lendemain matin, le bonhomme a fondu un peu. Il s'est effondré. Lorsque la petite Margot écrase son nez contre la vitre du salon, il est à quatre pattes.

Rudy s'écrie :

— Regardez notre bonhomme. On dirait un bonchien de neige.

Margot répond :

— Impossible. Les chiens ne portent pas de tuque. Ils ne s'habillent même pas.

La petite Margot n'a pas vécu l'aventure du chaud manteau de Léo.

J'ai presque envie d'aller chercher la peau d'ours. Un bonhomme de neige avec une peau d'ours, ce serait drôle, non ? Je ne le fais pas. J'ai trop peur que l'on découvre qu'il est encore mouillé, ce tapis. Et qu'on y retrouve l'odeur de Léo. En tout cas, on la sent cette odeur… quand on est un chien.

Eh bien, vous savez ce qui passe devant la maison en ce lendemain de tempête? Une motocyclette. Et, dans le side-car, je reconnais un chien qui est assis bien droit : Léo La Pagaille.

Son maître est un motard. Et Léo a dû trouver les mots qu'il fallait pour lui faire comprendre qu'un boxer tout nu, ça grelotte en hiver.

Léo est vêtu d'un blouson de cuir. Sur la tête, on lui a enfoncé un casque d'aviateur.

Notre Léo frissonneux a l'allure d'un dur à cuire, nom d'un os à poils.

C'est quoi, Maboul ?

Quand tu commences à lire, c'est parfois difficile.

Avec **Boréal Maboul,** ça devient facile.

- Tu choisis les séries qui te plaisent.

- Tu retrouves tes héros favoris.

- Les histoires sont captivantes.

- Les chapitres sont courts.

- Les mots et les phrases sont simples.

- Les illustrations t'aident à bien comprendre l'histoire.

Les Éditions du Boréal
4447, rue Saint-Denis
Montréal (Québec) H2J 2L2
www.editionsboreal.qc.ca

MISE EN PAGES ET TYPOGRAPHIE :
LES ÉDITIONS DU BORÉAL

CE DEUXIÈME TIRAGE A ÉTÉ ACHEVÉ D'IMPRIMER EN AVRIL 2007
SUR LES PRESSES DE L'IMPRIMERIE MÉTROLITHO
À SHERBROOKE (QUÉBEC).